LEGO

THE LEGO MOVIE

DAS FANBUCH ZUM FILM

Nelson

Octan
Octan

LEGO
THE LEGO MOVIE
DAS FANBUCH
ZUM FILM
Octan
Octan
EMMET

Written by Ace Landers
Based on the Screenplay by PHIL LORD & CHRISTOPHER MILLER.
Based on the Story by DAN HAGEMAN & KEVIN HAGEMAN and
PHIL LORD & CHRISTOPHER MILLLER
Designed by Two Red Shoes Design Inc.
Cover and additional illustrations by Kenny Kiernan.
Special thanks to Matthew Ashton
Published by arrangement with Scholastic Inc.

Produced by AMEET Sp. z o.o.
under license from the LEGO Group.
AMEET Sp. z o.o.,
Nowe Sady 6, 94-102 Łódź – Poland
ameet@ameet.pl
www.ameet.pl

Völckersstraße 14–20, 22703 Hamburg
Printed in Poland
0114510311
www.nelson-verlag.de
Nelson-Verlag-Adresse bitte aufbewahren (Herstellerangabe).
Please keep the Nelson Verlag address for future reference.
www.LEGO.com

Inhalt

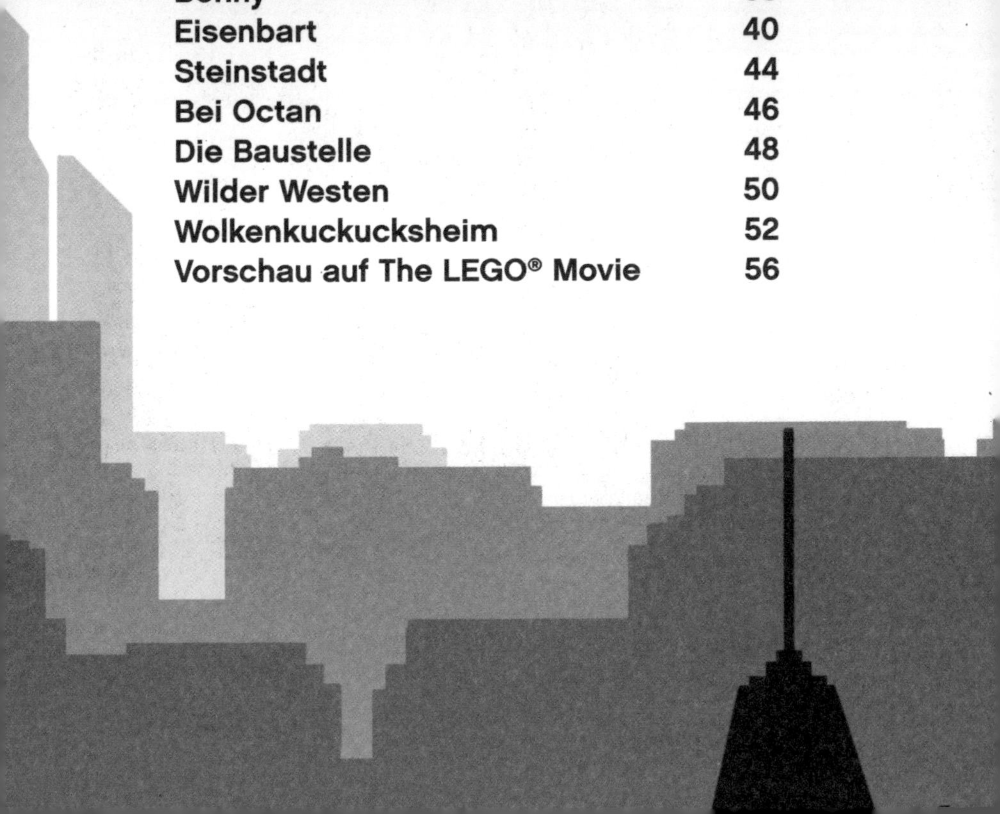

Octan's
TASTY MEAT!

Willkommen in

STEINSTADT

Hallo Leute! Schön, dass ihr uns in unserer tollen Steinstadt besuchen kommt!

Jeder Tag in unserer schönen Stadt ist der beste Tag aller Zeiten, denn alle unsere Bürger sind rundum zufrieden! Auf der nächsten Seite sagt euch Emmet, einer unserer besten Bürger, warum hier alles super ist.

Emmet
Hi, ich bin Emmet, ein glücklicher Bauarbeiter. Ich lebe in Steinstadt, der coolsten Stadt überhaupt. Wow, gerade merke ich, dass ich tatsächlich in diesem Buch über meine Lieblingsstadt gelandet bin. **Cool!**
Apropos Bücher, kennt ihr **Wie du dich anpasst, damit dich jeder mag und du immer glücklich bist?** Ich hab immer ein Exemplar dabei. Es zeigt euch Schritt für Schritt, wie euer Tag echt super wird. Hier, ich zeig's euch mal.
EMMET

Octan
0-99
6981
SCHRITT-FÜR-SCHRITT-ANLEITUNG
SO GEHT'S:
PASS DICH AN!
BRING JEDEN DAZU, DICH ZU MÖGEN!
SEI IMMER GLÜCKLICH!
WARNUNG: Nichtbefolgen der Anleitung kann zu einem öden, traurigen Leben führen.

Hier meine liebsten Schritte
für den Start in den Tag:

SCHRITT 1: **Atme**

DAS IST LEICHTER,
ALS ES AUSSIEHT.
GEHT FAST AUTOMATISCH.

SCHRITT 2: **Treibe Sport**

BIN TOTAL
AUFGEDREHT!

SCHRITT 3: **Dusche und zieh dich an**

NUR NICHT GLEICHZEITIG!
HAB'S VERSUCHT.
GING ABER DANEBEN.

SCHRITT 4: **Hör im Radio Songs wie „Hier ist alles super!“ oder schau im Fernsehen Shows wie *Wo ist meine Hose?***

HAHA – WO IST SEINE HOSE?

SCHRITT 5: **Folge immer den Anweisungen von Lord Business, sonst wirst du in Schlaf versetzt.**

DER TYP IST SO COOL. ICH KANN GAR NICHT GENUG VON IHM HÖREN.

Seht ihr, so einfach ... Halt ... Sagte ich eben „in Schlaf versetzt“?!

Oh Mann, ich liebe dieses Lied! Wo war ich? Ach, egal.

Wenn ich nicht gerade auf dem Bau arbeite, bin ich ... na ja, eben ganz normal. Bis auf das eine Mal, als ich die Anweisungen nicht befolgt habe.
Ich machte gerade Feierabend, da sah ich dieses Mädchen auf der Baustelle herumschleichen. Auf einmal tat sich unter mir ein riesiges Loch auf und ich fiel hinein.
Unten lag so ein komisches rotes Ding. Ich fasste es an und fiel in Ohnmacht. Als ich wieder zu mir kam, hatte ich das Ding auf dem Rücken und die Polizei am Hals! Ich steckte voll in der Klemme!
EMMET

Ich dachte schon, ich wäre geliefert,
da kam dieses Mädchen und rettete mich.

WYLDSTYLE
Ich bin Wyldstyle und du musst sofort mitkommen!
Eh ... eigentlich erzähle ich hier gerade was. Du hast mich gestört ...

Das ist jetzt egal. Es geht nur noch um das Ding an deinem Rücken. Es ist das **Stück des Widerstands**, das Einzige, was den Plan von Präsident Business, die Welt zusammenzukleben, verhindern kann.

Eine Prophezeiung sagt, einer, **der Besondere**, wird das Stück des Widerstands finden und die Welt retten. Weiter heißt es, dass der- oder diejenige die wichtigste Figur im Universum sein wird. Das musst ja wohl du sein.

Hm ... Ja. Okay ... Das muss ich sein! All die **super** Sachen, die du gesagt hast!

Ich gehöre zu einer Untergrundgruppe, den **Meisterbauern**. Wir haben geschworen Lord Business zu stoppen!
Jeder Meisterbauer kann aus herumliegenden Teilen im Nu neue Sachen machen, ohne Anleitung. Schau her.
Motorrad gefällig? PENG!

Flugzeug gefällig?
PENG!
Wow, bist du cool!
Danke. Und jetzt komm, wir müssen zu Vitruvius. Er wird uns sagen, wie wir mit dem Stück des Widerstands die Welt retten können.

VITRUVIUS
Hallo Emmet! Ich bin Vitruvius und du bist die wichtigste Figur im Universum.
Ich? Wow!
Ja, denn du hast das Stück des Widerstands gefunden. Am Taco-Dienstag will Lord Business mit dem Kragle die Welt zerstören. Diese Waffe klebt alles zusammen. Doch nach einer Prophezeiung kann einer ihn aufhalten: Der Besondere.

DIE PROPHEZEIUNG

Eines Tages wird ein besond're Talent,
das man am gelben Antlitz erkennt,
das Stück des Widerstands finden in seinem Versteck,
wohin es entschwunden einst – unentdeckt.
Und mit Hilfe seiner tapferen Streiter
besiegt der Meisterbauer den Kragle,
damit das Reich lebe weiter.
Dieser Besond're, die interessanteste,
wichtigste Figur aller Zeiten, bezwingt unsren Feind.
Und all das ist wahr, weil es sich reimt.

LORD BUSINESS

Lass dich nicht von Lord Business' freundlichem Auftreten täuschen. Er ist einer der hinterhältigsten Menschen, die dir je begegnen werden.

Jahrelang hielt ich den Kragle versteckt. Aber er hat ihn sich geholt. In dem Kampf wurde ich blind.

Stimmt.
Ich bin Mister Dicke Hose.
Und der Kragle
gehört mir, alter Mann.
Der Kragle! Der Kragle!
Der Kragle!
Hahahaha!

Der Kragle schießt Laserstrahlen aus Klebstoff. Alles soll so bleiben, wie Lord Business es will. Deshalb will er die Welt zusammenkleben.

Aber wenn das Stück des Widerstands dem Kragle die Spitze abschlägt, verliert er seine Macht, Emmet. Du musst mit einer Armee von Meisterbauern Lord Business' Turm stürmen und die Welt retten.

Und ich dachte, ich erzähle nur mal was über Steinstadt. Der Tag wird allmählich ziemlich seltsam ...

WIR UNTERBRECHEN DIESES BUCH MIT EINER WICHTIGEN BOTSCHAFT VON

PRÄSIDENT BUSINESS

He, du Statist in dieser Szene ... Wie geht es deiner ganz normalen Familie?
Stopp! Wer hat denn diesen Quatsch geschrieben?
Der wird sofort gefeuert!
TECHNISCHE PROBLEME
WIR BITTEN UM ETWAS GEDULD
He, Steinstadt. Tut mir leid. Sie könnten ja fragen: „Präsident Business, wie kann ich Ihnen am besten gefallen?" Dann sage ich: „Gute Frage!"
Octan kann Ihnen mit vielen Produkten helfen ein normales Leben zu führen – zum Beispiel mit Anweisungen, Leitfäden, Richtlinien.
Wie wir gern sagen: „Wir denken für Sie!"
Nicht vergessen: Gratis-Tacos am Taco-Dienstag!

So erobert man das Universum, ohne sich unbeliebt zu machen

Schritt 4:
Stiehl diesem Irren Vitruvius den Kragle. Bah, dieser Kerl ist echt das Letzte!
Hat der mich etwa Irrer genannt?
Schritt 5: Erfreue dich an den kleinen Dingen des Lebens.
Schritt 6: Baue eine verlässliche Polizeitruppe auf, die für dich die Drecksarbeit macht.
Schritt 7: Wenn keiner damit rechnet: PENG! Starte den Kragle! Hahahaha!

BAD COP

Natürlich schaffe ich das alles nicht allein. Darf ich vorstellen: Bad Cop, mein übelster Helfershelfer. Wir arbeiten prima zusammen.
Dein Feind und Helfer. Komm mir in die Quere und du gehst unter – wörtlich und bildlich gesprochen.

Allerdings hat Bad Cop diesen Bauarbeiter mit dem Stück des Widerstands abhauen lassen – dem Einzigen, das meine Pläne durchkreuzen kann. Extrem frustrierend!
Aber, wer ist schon perfekt! Also gehen Sie doch mit Bad Cop das Stück des Widerstands suchen und bringen Sie es mit allen Mitteln zurück.
Jetzt sofort!

Und jetzt zeigen wir Ihnen eine Sonderfolge von
Wo ist meine Hose?
Schatz, beeil dich. Wir kommen zu spät zum Spiel der Heimmannschaft!
Los, Team!
Bin gleich so weit mit meiner neuen Frisur.

Okay, auf geht's!
Hast du nicht was vergessen?
Ach ja, richtig! Fast wäre ich ohne gegangen.
Wir hätten ganz schön dumm ausgesehen, ohne unsere Fahnen zum Anfeuern! Gut aufgepasst, Schatz!
LOS, TEAM!
EAM!

Wow, alle sind dabei! Ist es nicht kalt hier?
Mir nicht.
Liegt wohl an mir.
LOS, TEAM!
LOS, TEAM!
Tolle Plätze! Von hier aus kann ich alles sehen.
FEGT DIE ANDEREN VOM PLATZ!
Später ...
Tolles Spiel!
Ich habe Riesenhunger. Das hier soll ein ganz normales Lokal sein mit total teurem Essen.
MENÜ
MENÜ

Trautes Heim ...
Ein toller Abend!
Ja. Und jetzt wird's Zeit zum Schl ...
He, Moment mal ...
Schatz,
WO IST MEINE HOSE???

Hahaha! Typisch **Wo ist meine Hose?** Er hatte die ganze Zeit keine Hose an!
EMMET

Emmet, du musst dich auf unseren Auftrag konzentrieren. Lord Business will doch nur, dass du an solchen Shows Spaß hast. Denn dann vergisst du, dass er die Welt erobern will.
Wenn wir Lord Business aufhalten wollen, brauchen wir die Hilfe der allerbesten Meisterbauer. Und ich weiß auch schon den Ersten.

BATMAN

Da wäre zuerst Batman.
Er ist ein unglaublicher, traumhafter Superheld – ach ja, und außerdem mein Freund.
Ich bin **Batman**.
Batman ist dein Freund?!

Ab hier übernehme ich, Baby. Ja richtig, ich bin der Dunkle Ritter. Und ich habe jede Menge Zubehör dabei: Batwing, Batmobil, Batarangs – alles in Schwarz oder ganz Dunkelgrau. Lord Business' Tage sind gezählt. Aber funke mir nicht dazwischen, Batman ist ein Einzelkämpfer.
Ich bin der Maskenmann mit dem Wundergürtel und der tiefen Superheldenstimme. Ich bin Batman.
Das sagtest du schon!
Seufz! Er ist soooo cool!

Einhorn Kitty

Dann gibt es noch Einhorn Kitty, die quirligste Einhorn-Kätzchen-Mischung überhaupt. Sie lebt im Wolkenkuckucksheim, einem kunterbunten Wunderland ohne jegliche Regeln.

Alle Ideen sind gute Ideen, es sei denn, sie machen nicht glücklich!

Hiiii!

Hi! Ich bin Prinzessin Einhorn Kitty.
Willkommen in meinem traumhaften Traumtagebuch für meine bestesten Freunde auf der Welt!

Ich weiß schon, wie wir Lord Business davon abhalten können, schlechte Gedanken zu verbreiten. Er muss einfach lernen, wie lustig die guten Gedanken sind. Etwa so:

Was sind deine Lieblingsfarben? Bei mir ist es jeden Tag eine andere. Heute stehe ich total auf Bergsteigerpink, schreiende Melone und saurer Apfel.

Und nicht vergessen: Alle Ideen sind gute Ideen, es sei denn, sie machen nicht glücklich.

Aber manchmal, wenn ich an
Lord Business' Pläne denke, werde
ich so ... Dann spüre ich etwas in mir.
Es ist wie das Gegenteil von Glück.
Ich muss ... positiv denken ...
Seifenblasen ... Schmetterlinge ...

BENNY

Weißt du noch, als die ersten Astronauten ins All flogen? Also, das hier ist Benny, ein echter ehemaliger Raumfahrer. Er ist ziemlich besessen von Raumschiffen.

Um Lord Business zu stoppen, müssen wir zu seinem Turm. Das heißt, wir brauchen ein ... Raumschiff!

Raumschiff!
Raumschiff!
Raumschiff!

EISENBART

Dieser Pirat hier ist Eisenbart. Er ist zwar ein bisschen schroff, aber wärst du das nicht auch, wenn du deinen Körper im Kampf mit Lord Business verloren hättest?

Logbuch

Grrr. Haben heute nach allen Regeln der Kunst versucht Lord Business' Turm zu stürmen. Das Ergebnis war ein schreckliches Gemetzel. Hier die Einzelheiten:

Wir fanden den Turm streng bewacht vor – von einer Roboterarmee und Laserstrahlen, herrischen Assistenten und seltsamen, gefährlichen Kreaturen, die grollen, schnappen und beißen.

Ich verlor Mannschaft und Körper. Meine Organe lagen überall verstreut. Ich musste sie in eine Seekiste packen und alle Einzelteile meines früher so strammen Piratenkörpers mit dem nutzlosen Müll ersetzen, den du vor dir siehst. Grrr! Das macht mich wahnsinnig!

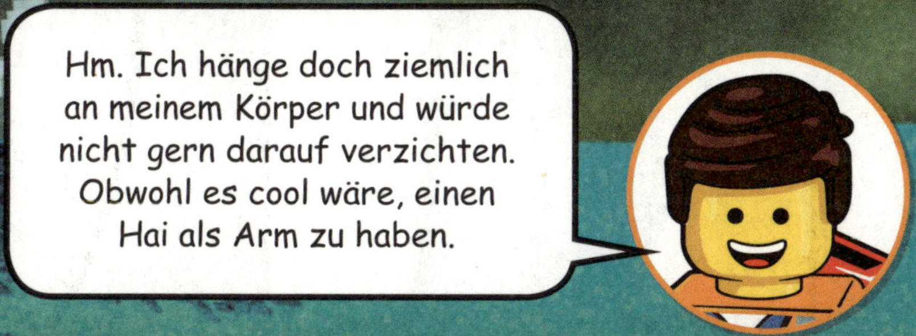

Hallo Freunde, hier ist Vitruvius. Bevor ihr zu Emmet und Wyldstyle stoßen könnt, solltet ihr etwas über die verschiedenen Reiche im Universum erfahren.
Steinstadt ist nur ein kleiner Teil davon. Es gibt viele Welten zu erkunden. Lord Business hat Mauern zwischen ihnen errichtet, aber wir Meisterbauer haben geheime Tunnel gegraben, durch die wir zwischen den Reichen hin und her wandern können.
Folgt mir, ich werde euch führen. Hm – könnt ihr mir zuerst helfen, die nächste Seite zu finden?

STEINSTADT

In der belebten Metropole Steinstadt funktioniert alles nach strengen Vorschriften. Alle parken zwischen den Linien, gehen noch vor dem Mittag zur Reinigung und vergessen nie zu lächeln. Aber hinter Steinstadts scheinbarer „Vollkommenheit“ steckt ein Geheimnis.
Conform

BEI OCTAN

Als Besitzer von Octan lässt Präsident Business schöne Häuser abreißen und durch einheitliche Wolkenkratzer ersetzen. Sein Ziel ist es, die Welt zusammenzukleben, damit sich nie etwas ändert ... Auf die Dauer ist Steinstadt nur der erste Baustein in seinem Streben nach der Weltherrschaft.
Octan
Also ist doch nicht alles super?

DIE BAUSTELLE

Das ist die Baustelle, auf der Emmet arbeitet. Nach einem langen Tag gehen die Arbeiter immer zusammen Chickenburger essen. Normalerweise wäre auch Emmet dabei. Doch an diesem schicksalhaften Tag fand er gerade hier das Stück des Widerstands und sein Leben veränderte sich für immer.
Ich will nicht lügen. Das war ein echt seltsamer Tag.

WILDER WESTEN

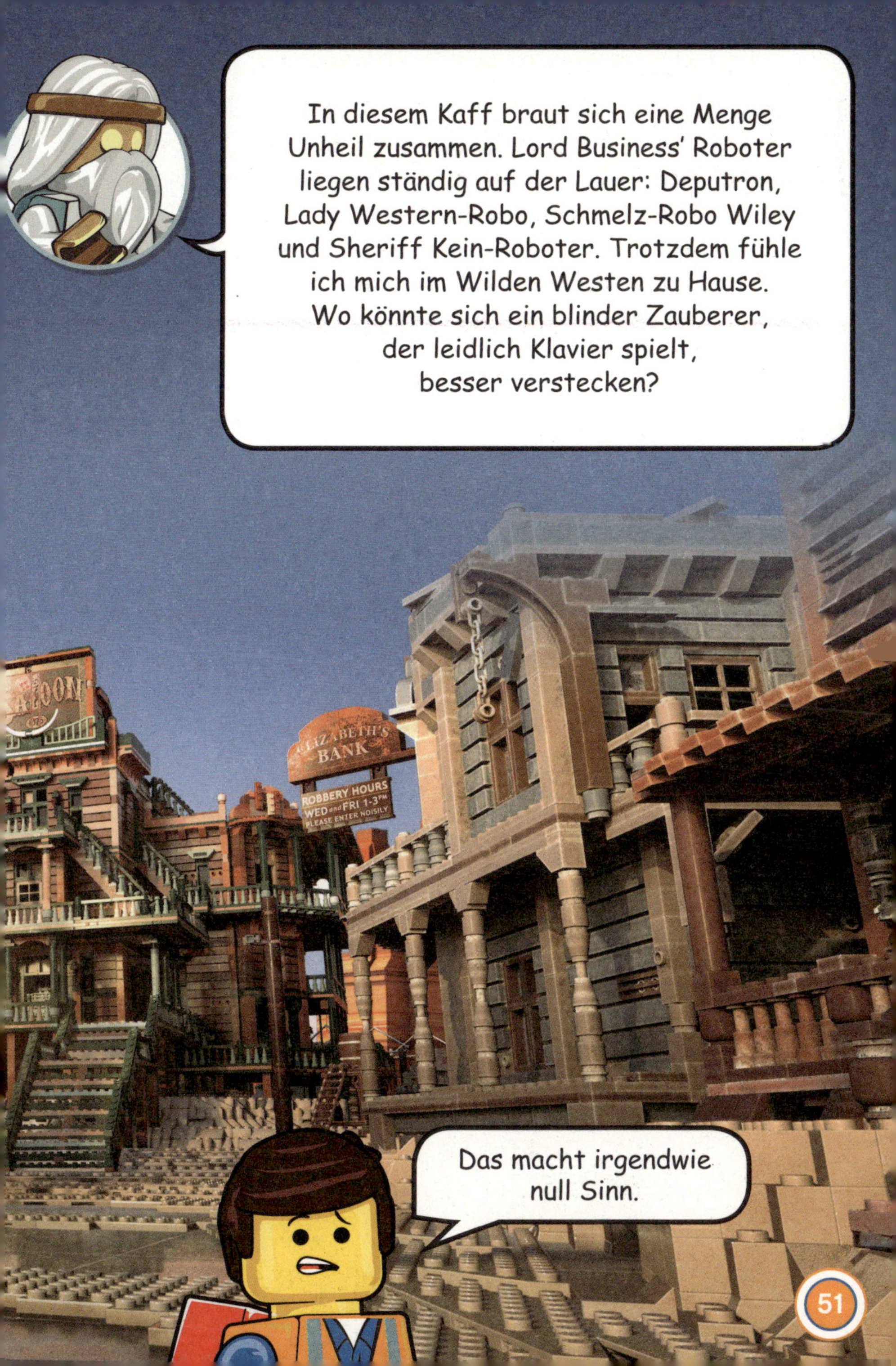
In diesem Kaff braut sich eine Menge Unheil zusammen. Lord Business' Roboter liegen ständig auf der Lauer: Deputron, Lady Western-Robo, Schmelz-Robo Wiley und Sheriff Kein-Roboter. Trotzdem fühle ich mich im Wilden Westen zu Hause. Wo könnte sich ein blinder Zauberer, der leidlich Klavier spielt, besser verstecken?
ELIZABETH'S BANK
ROBBERY HOURS WED and FRI 1-3PM PLEASE ENTER NOISILY
Das macht irgendwie null Sinn.

WOLKENKU-CKUCKSHEIM

Dieses irre, verdrehte, kopfstehende Land lebt nur von der Fantasie. Hier versammeln wir Meisterbauer uns, um unsere Pläne gegen Lord Business zu besprechen. Leider hat sich die Prophezeiung nicht so erfüllt, wie wir dachten.

Ja, stimmt, ich bin vielleicht kein Meisterbauer. Ich habe keine Erfahrung im Kämpfen und im Plänemachen oder sonst irgendwelche Ideen. Und ich weiß, was ihr denkt: Er ist am allerwenigsten geeignet uns anzuführen. Wisst ihr was? Ihr habt Recht!
Aber ich kann es ja trotzdem versuchen. Denn eins habe ich von meinen neuen Freunden gelernt: Ich muss es tun!
EMMET

Das wäre jetzt ein gutes Ende.
Jetzt schon ablegen? Macht's gut, Landratten!
Danke, dass ihr dabei wart!
Schön, euch nicht zu sehen.

Ich bin Batman.
RAUMSCHIFF, RAUMSCHIFF.
Halt, Emmet! Du kannst hier nicht einfach aufhören.
Möge ein funkelnder Stern euch immer begleiten!

Ich liebe Kino!
EMMET

Und jetzt eine kurze Vorschau auf The LEGO® Movie!

Ein ganz normaler Morgen in Steinstadt. Emmet, der normalste Typ der Welt, stand auf wie jeden Tag. Er verbrachte den Vormittag wie immer – so, wie es in seinem Buch über das Dazugehören stand: Er begrüßte den Tag, machte Luftsprünge, frühstückte und schaute sich eine beliebte Fernsehshow an. Dann ging er zur Arbeit.

Was Emmet
nicht wusste:
Heute begann
für ihn das
un-normalste
Abenteuer
seines Lebens.

Emmet arbeitete für eine Baufirma, die alle besonderen, fantasievollen Häuser in Steinstadt abriss. Sie wurden durch eintönige Wolkenkratzer ersetzt, immer genau nach Anweisung. Niemand wusste, warum alle Häuser gleich aussehen mussten. Aber so waren die Regeln. Und alle wussten, dass man die Regeln am besten befolgte.

Nach der Arbeit wollte Emmet eigentlich mit seinen Kollegen leckere Chickenburger essen gehen. Doch als er gerade losziehen wollte, riss ihm ein Windstoß die Anweisungen aus der Hand. Er durfte sie nicht verlieren! Als er hinterherlief, sah er plötzlich ein geheimnisvolles Mädchen, das unbefugt im Geröll auf der Baustelle wühlte.

Als Emmet dem Mädchen folgen wollte, gab das Geröll unter ihm nach, und er fiel in ein riesiges Loch. Kopfüber purzelte er hinunter, bis er ganz unten ankam.

Er schaute auf, begriff aber nicht, was er da sah. Vor seiner Nase lag ein eigenartiges Etwas, das knallrot leuchtete. So etwas hatte er in Steinstadt noch nicht gesehen. So etwas hatte er überhaupt noch nie gesehen. Unwillkürlich fasste er es an.

Sofort blitzte ein grelles Licht auf und Emmet wurde ohnmächtig.

Als er wieder zu sich kam, wusste Emmet nicht, wo er war. An einem merkwürdigen Ort war er an einen Stuhl gefesselt und von der anderen Seite des Tisches aus starrte ein zorniger Polizist ihn finster an. Das war Bad Cop, der gemeinste, skrupelloseste Polizeibeamte von ganz Steinstadt.

Er hatte nur eine einzige Frage an Emmet:
„Wie hast du das Stück des Widerstands gefunden?"

THE LEGO MOVIE
#THELEGOMOVIE
WWW.THELEGOMOVIE.COM
VILLAGE ROADSHOW PICTURES
LEGO
©2013 THE LEGO GROUP
WARNER BROS. PICTURES
©2013 Warner Bros. Ent. All Rights Reserved

EMMET